U0105246

谨以此诗献给 ◆

"晋江经验"总结提出20周年

# 风起江涌

吴谨程 ◎ 著

海峡出版发行集团 | 海峡文艺出版社

**图书在版编目（CIP）数据**

风起江涌 / 吴谨程著. — 福州：海峡文艺出版社，2022.7

ISBN 978-7-5550-3043-0

Ⅰ. ①风… Ⅱ. ①吴… Ⅲ. ①叙事诗—中国—当代 Ⅳ. ①I227.3

中国版本图书馆 CIP 数据核字（2022）第 115045 号

---

**风起江涌**

吴谨程 著

| | |
|---|---|
| **出 版 人** | 林　滨 |
| **责任编辑** | 林　颖 |
| **出版发行** | 海峡文艺出版社 |
| **经　　销** | 福建新华发行(集团)有限责任公司 |
| **社　　址** | 福州市东水路 76 号 14 层 |
| **发 行 部** | 0591-87536797 |
| **印　　刷** | 泉州市精彩数字印刷有限公司 |
| **厂　　址** | 泉州市鲤城区美食街 183 号织造厂内原综合楼一层 |
| **开　　本** | 889 毫米×1194 毫米　　1/32 |
| **字　　数** | 61 千字 |
| **印　　张** | 4.5 |
| **版　　次** | 2022 年 7 月第 1 版 |
| **印　　次** | 2022 年 7 月第 1 次印刷 |
| **书　　号** | ISBN 978-7-5550-3043-0 |
| **定　　价** | 54.00 元 |

如发现印装质量问题,请寄承印厂调换

让我全部的生命，启程回到它永久的家乡。

——泰戈尔《吉檀迦利》

# 序

2022 年是"晋江经验"总结提出 20 周年，晋江诗人吴谨程创作了叙事长诗《风起江涌》。作为"晋江经验"文学书写中的重要一环，《风起江涌》可以说是一部献礼诗篇！

一条江，在身边旷日持久地流淌着，向海——这是晋江。晋江同时是一个县域的名称，是"晋江经验"的诞生地，是创造奇迹的地方。江与海，江与地，江与人，竟如此紧密地关联。江海锻造了人的禀性——爱拼敢赢，赤土提供了栖身之所——创造奇迹。

乘改革开放东风，晋江风起潮涌：它适合一种宏大的叙事，或者说它提供了叙事长诗创作的可能性图景。诗人吴谨程以时代见证者、语言炼金者的

姿态，在地域文化、故事传说、城市精神、奋斗历程等维度之间往回穿梭，为我们呈现了一幅纵贯1300年历史的恢宏画卷，讲述了发生在这方热土上创业、创造的动人篇章。

长诗不好写，尤其是叙事长诗。诗人及诗歌理论家普遍认为：要警惕长度"不断稀释思想浓度，淡化和削弱诗意氛围"。由此，长度即难度，众多诗人也因此望而却步。好在吴谨程有足够的内力、挑战的勇气和必胜的信心，他构建了曼妙而稳固的诗意空间和叙事结构，对历史、思绪、情感等元素做充分的调控和布局，他以自己的方式完成对于长诗难度的消解。

这部作品，就体量而言，是一项"晋江经验"题材文艺创作的浩大工程，也是这么多年来，罕见的叙事长诗。

显然，卷七至跋诗是全诗的核心，它抒写了晋江的现时，是诗歌书写的现时坐标。那么，从序诗至卷六是晋江的历史时空，它同样重要。从人类学、哲学层面审视，昨日是今日的历史，它们之间互为因果，是历史和传承的关系，无法割裂。正如"晋江经验"之所以诞生在晋江，是因为这方土地有这样一群人、这样一种城市精神。

《风起江涌》带给我们的惊喜，还在于处理叙事与抒情之间的微妙联系。"生活给叙事诗留下了位置"，叙事诗在诗中的特点即叙事。《风起江涌》之中，我们很容易阅读到表述时间、人物与史事之间"关系"的叙事，阅读到叙事线索、情感线索与思想线索的同步推进。另一方面，叙事诗的抒情性表现为它以诗的抒情原则统驭叙事而不是相反。《风起江涌》常常出现抒情插笔——诗人自己站出来，直接向读者倾吐自己对所叙之事的审美评价和价值评判，抒发自己的激情。这些抒情插笔，成为贯穿全诗的情感纽带。

此外，吴谨程还通过宏阔的视野、独行的语

言、本土风物（意象）的呈现、时代感和历史感的错综、史诗性特质的契合诸方面，为《风起江涌》这部献诗赢得读者更多的尊重。

"热忱描绘新时代新征程的恢宏气象"，是习近平总书记在中国文联十一大、中国作协十大开幕式上对广大文艺工作者提出的殷切希望，吴谨程正是千万践行者之一。我们期待《风起江涌》能在今天，对读者解读"晋江经验"有所启迪；我们祝愿《风起江涌》能在今后，让读者对于晋江的历史，有更准确而深刻的认知。

蘸一管波浪，在大海之上，铭刻史诗！

黄华东

2022 年 5 月 30 日

（作者系晋江市文联主席、中共晋江市委宣传部副部长）

# 目录
CONTENTS

序诗　叛逆的江

# 1

一条江的叙事，无非是波浪臆想的谜底

淘洗时间的真伪，无非是让我全部的

生命，启程回到它永久的家乡

大海在东，一滴水折返它的前生

如一条船溯流而上，在厚重的典籍上

窥见叙述的隐秘，并刻下扑朔迷离的身世


一条江的流向，多像一滴水的前身

纯净而执着。神灵在戴云山巅，醉心于

旭日东升的壮美，它的谶言通过巫师传递

"作为水，无论沉潜，无论上升

皆是迁徙。时间是错综复杂的命题"

东溪、西溪在浴火的清晨，同时听见

数丛修竹在雪山南麓，梦见

春天的鹰鹫。这是东溪源头

春的手指，有着通灵的宿命和神秘

桃溪上散漫的花瓣，向东沁出呼吸

一头连接雪的醇香，一头连接海的潮汐

绿色浓郁，像一片海怀孕的花期


斜屿山的细水，推出一艘满载桃花的舟

这是西溪源流。叫桃舟的水

在仙苑渡口接纳蓝溪的水系

于是丰满如铁观音的沉静和馥郁

蓝溪的蓝，直逼苍穹，并打通

松柏、野菊和大海蔚蓝的归途


多年之后，我在双溪口与两条溪相遇

像两条叙事的线索，殊途而同归

九日山是另一部典籍，记下汇流之后

一条江宽阔的河床。一笔是群山

挟裹的桀骜，一笔是平畴簇拥的不羁

大海在东，一条江在内心刻下叛逆

## 2

群山苍茫。戴镣铐的人，将天空

写成触目的血色，将自己辗转成为

南归的雁只。戴镣铐的人

在秋阳的渡口渴饮命运的血泪

锈蚀的泪水跌落，旋涡于是有了铁的质地

戴镣铐的人，目睹了秋凉雁归的隐秘


一条江的流速，轻轻抹去他们的疲惫

戴镣铐的人，脚趾盖在秋风中劈开

雁飞。夕阳在他们的脊背烙下

家园的印记，背后是逶迤的山河

还有比脚趾盖更疼痛的废墟

北方以北，马蹄踢踏，狼烟四起


戴镣铐的人，将故国故土当成一滴汗

轻轻拭去。江岸上的竿芒

仿佛列祖列宗的名讳，在秋风中

颔首致意。白茫茫的竿芒，摇落

一串脚印，姓吴的足迹依然清晰可见

姓林的旗手，背倚一棵倔强的相思


"作为水，它流经谁的命运和际遇

向海而生，它接纳了你的灵魂和身躯"

戴镣铐的人，从水中认出家的名字

回望旗帜上的"晋"，一群人

以故国的容颜喊出"晋江，晋江"

一条江从此命名：以神祇和姓氏的旨趣


晋人衣冠南渡。我在博物馆展厅

阅读到一段青铜写就的文字

一条江的流向不容置疑。但是细节

黄河、洛水之滨丰富的绿植

已然枯萎，剩下的秋水在典籍之上

浸染海的宽宏，一望无际

## 3

戴镣铐的人，面对河流出海口，双膝跪地

膝盖上长满流离的身世

背脊上单薄的行囊，我看到一册家谱

书写着烽火、族群和荆棘的草笔

中原在北，大海在侧

眼睛中的蔚蓝预示着迁徙的虬曲

残阳如血。残阳以神祇的名义

确认了一群人的姓氏。九十九溪

像盘根错节的榕，挽留了一群人的足迹

姓张的草寮在树下搭起炊烟

九十九条道路，通往生命的津渡

典籍上的方言，确认了一条江的滥觞


多年之后，我在竖排的《晋江县志》

校勘一方土地的前缘，河洛的发声

依然纯粹。苍山万叠，碎片纷飞

精卫"衔西山之木石，以堙于东海"

对于历史，一群人面对不安分的水

在水湄烘烤农耕的木石


精卫的翅，掠过一阵风的裂帛

山川志上的残片，落叶般纷飞
剩下庵山、思母山的石器、陶片和青铜
在县志的内页闪烁。我读到的东海
有捕捞的舟楫，我读到的精卫
与闽越的石头构成宿世的博弈

"然而神话，只对不确定的历史
形成消解。"唯一可信的，是考古
通过谁的手，确认一群人的繁衍生息
我读到一条江的流域，遍布农耕、畜牧
和对神祇的期许。"无论如何，一条江
一片海、一只鸟已铸就一群人的神祇"

卷一　向海而生

# 1

江天一色，一株荼蘼称得上黄昏的绝响
一群人在花香的侧畔歇息，鸟的鸣唱
拉开悠扬的水色。稻草被编成蛇的形象
戴在额头，一群人用江水的节拍舞蹈
胸脯和四肢裸露出铜鼓的光泽
发音器上的荼蘼，震颤了一江流水


多年之后，我在博物馆里偶遇拍胸舞
作为叙事中的一个韵脚，它粗粝的内核
硬朗得像水中的石头。叙事的韵脚
滑过稻菽和村庄的肚脐，剩下石头
从墓冢和祠堂的根部独立出来
被岁月和波浪反复揣测

桃花灼灼，我在农耕的叙事中

再次认知这么好的春天

春蚕、绿野和内心的柔软

互相打量，心灯经风历雨，次第点亮

像一处伏笔、一个悬念

在寂静的心壁荡出素白的回环


何况春天不言。它所有的美好

只为见证生命的荣辱、灿烂

蓬勃的花事，将一个季节再三丈量

落笔处，杏花、梅花沁出香寒

这时暮色已然打开，依次推演的

是根茎、枝干、花萼和怒放的阳光


我于是决定，为县志补上浓彩的一笔

——岁次共和，池店镇发现南朝的墓葬

出土随葬器物多件，计有黄金坠 1 件

青瓷器 9 件、料珠 400 多颗等

"隆昌元年七月廿日为王智首造砖"

砌砖的人，将自己砌成叙事的石碑

## 2

姓林的馆长，及时制止了我的妄为

"如果石头，能垒出不附主观的编年

那么可以。"博物馆的光线略显暧昧

都是些人造的光源，与日月格格不入

"但我的笔，能点燃城市闪光的一面

我用自己的血，在时间的墨池，研墨书写"

但他不反对我翻阅县志中隐秘的部分

711 年，武荣州改称泉州。一群人

在清源山下，用石头彩绘鲤鱼的形骸

718 年，设置晋江县，州县同治

我注意到它辽远的疆域：江河行地

一群人在叙事的笔墨中，起造一座城池


鲤鱼，恋上篝火淬炼的石头。鲤鱼

恋上图腾附体的石头。鲤鱼，恋上聚族

而居的石头。鲤鱼，恋上精卫衔石的

石头。鲤鱼，恋上过海漂洋的石头

在石头与石头的缝隙，栽下一株刺桐

让满城的风雨，沾染纷繁的花事


衣带一江，我在清源山巅鸟瞰一座城的

辽远。鲤鱼跃出水面，海上花开

向苍茫伸展。刺桐，洞悉坚强隐忍的

城垛。刺桐，洞悉剑影刀光的城楼

刺桐，洞悉行春东门的春色。刺桐

洞悉肃清西门的肃杀

刺桐，洞悉崇阳南门的阳光。刺桐
洞悉泉山北门的泉涌。刺桐，洞悉
精卫填海的暗喻。花香披挂的城门
一条鱼完整地呈现，沿护城河开过的花
像血液，流经一座城的心壁。一挂帆
像城徽，挂在城楼的檐口

## 3

晋江水朝向邈远的县志流过，我在潘湖
与欧阳詹坐而论道，虚构一段
陆海潘江的史实。莲池中的镜像
映现：他有着"闽学鼻祖"的盛名
就一杯茶的香魂，省略铺垫，我说
"哲人有作，不唯利身在利人"

他目光游移，仿佛宿醉未醒

"除了观游宴集，还有什么与诗人牵扯"

草堂原是你的居所，庙堂不是

最好有一场豪饮，承载你的背景和风雅

文宗之名，青莲出水，原都是你的

"文以载道，不唯利今在利后"


他闭目而泪垂，仿佛梦回长安城阙

"文道固然。但是世道之道呢"

你写过的中秋，仿佛自己的命

"清冷到肌骨，洁白盈衣裳"

我要的真相是一盏茶汤，溢出时光的温香

甚至软玉。北望晋江，晋江水流东


江山如故。我在城西邂逅两座石塔

石塔寄居的开元寺。塔尘挑出

朝代的脊梁，桑开白莲，独立于四季

多么美好的证词。在坚硬的盛唐

一座塔，又一座塔托升五方佛的身躯

莲白桑红，两座塔被风雕镂，镇定从容


掏空石头内部的冷暖，梦幻的桑莲

幻化 80 个铜铃，任它在塔尖叮当

那些金刚、罗汉，挺拔的步履在石上

沉沉睡去，剩下甘露的呼吸

糅合八面来风，就这样伸展开去

一头连接港湾，在岁月的胸口摇曳


# 4


老子天下第一。泉州的石头开口

说话的时候，老君长髯飘曳

沉默不语。他的笑容充满道的诡秘

比抚摩晚一些，他左手依膝，襟风渐息

右手凭几，高贵就在额头以上的高度

如清源之水，用漫漫青葱见证此在


但比岁月早。他看见一座城起造城邑

紫气东来，潮水打湿太玄观的廊庑

世事，盛衰，如同基座下起伏的涛声

青牛西去。他好像一直不曾离开

西去的是魂魄，或者爱恨

贴近他的右耳低语，又是一天的开始


一条路走向轮回，沉默是最安静的道德

一只鹰来过，它口衔青草

说的是来年春早，所有的种子都要出发

泉州让石头代言，说出一座城的

箴言与咒语。石头说出一只神鸟
与一片海旷日持久的博弈


记忆中唐时明月，纯净、盈洁
接近于圣墓回廊的雏形
我再一次确信：泉州湾帆影如云
灵山挽留了伊斯兰教圣墓的青葱
风雨遵从他们的叮嘱。鸟鸣从亭顶飞升
离乡的人，在他乡长眠，睡成故乡


彼一时，时间凝固于航程的空隙
因为挚爱，这方土地收藏了真理的舵
因为一往情深，肉身于是向下
深入棺椁的内心。当我离开，用尊崇
点燃一炷檀香，泉州湾的帆影如云涌来
阳光映照下的灵山，闪烁阳光般的箴言

5

林銮古渡的夕阳，照见一湾波涛的繁花
含羞，也含苞。已然盛开的
是叙事的船帆，惊艳于涌动的大海
和无意识的波澜。而堤岸寂静
像被一片海虚设，像生锈的铁锚嵌入
古渡的内心。铁索多长

岁月就有多沉。堤上走过的人
是伤心的旅人，他放不下行囊，像放不下
一串耕海劈浪的风帆
"的确，他铺陈过商旅繁华的盛唐
他用石头的船桅，砌筑渡口，千年不溃
通过风雨的手，抚摩大海"

伤心的旅人，在《西山杂志》的封面

种下一串航标。鸟鸣召唤着归舟和出帆

东洋、南洋、台湾与琉球的耳膜同时听见

有那么片刻，我认定它稳固的结构

比一座跨海大桥柔软。意义被重新赋能

秋水浸渍的霞，劫持了大把的时光


晋江出海口，江口码头翻开一面玻璃

蔚蓝、雪白，弯弯曲曲的光芒

映照樯桅如云，梯航万国

我要引导你走向镜中的存在

涌动，涌动。泉州男人鼻息的波浪

你会看到涨潮，把风和云折叠成航船


那时，我是一支摆动着的船橹

搅一江喧嚣的流水，与夜间的灯笼

白天的脂粉构成对峙

累了，泊入聚宝街珍珠玳瑁织成的衣裳

等待再一次涨潮，让满城刺桐花香

激活石头深处藏匿着的阳刚

卷二　世遗之光

# 1

我在真武庙前，指认一座城潮湿的过往
以水命名的城市，每滴水都是
丝绸的闪烁。水的流向亘古不变
鸟鸣唤来的潮声，在榕树的叶片上栖息
这是祭海之前的宁静。旌幡摇曳
随着钟鼓的韵尾，飘向江海交汇的潮流


一道高耸的山门，已构成吞海的气象
此处武当可供膜拜。它襟海连江
潮声和螺号，向着汹涌的水面集结
光影在浓荫中斑驳，海上之神将平安
交付给讨海的人、行商的人，他们
在昼夜的香火里，播撒耕海牧洋的种子

27

太守偷闲。"回舶祭海"也好

"遣舶祭海"也罢，他用如云的樯桅

将众神召唤，将一座城的群情点燃

云集的船帆，在祭祀的空隙交头接耳

此处礁石可供系缆，此处水色

洞察海的滥觞，可供一座城起碇车帆


世俗从来没有风平浪静的坦途，神界也是

一波载舟覆舟的浪，高过生活的额头

颂歌声中，那么浓的绿荫

庇护着平安的愿景，因为坚信

向下的背影，在土地上找到不屈的精神

水中浮现的，是真与善的圭臬


她在海的胸膛安放自己的肉身

熙熙攘攘的香火，守候着水和宫殿的寂静

左钟右鼓，那么多的祈求与祝颂

她一一听见。向前的船只，跨过南门的

拱桥，可达江滨。向上的香火抵达穹庐

幻化为眼，可以俯瞰一座城的凡尘

## 2

我在市舶司遗址，指认丝绸之路的归途

以水命名的城市，每滴水都是

丝绸的闪烁。水的流向亘古不变

鲤鱼跃过海门，它确认了自己的故乡

将一段城墙搬上船，满载的舟楫

漂洋过海，然后返航，驶向纵深的繁盛


城墙的鳞片，一条鱼完整地呈现

沿护城河开过的花，勾勒出鲤鱼的曲线

城中端坐着的市舶使，400 年不曾离散

月亮在夜空高挂。鱼贯而入的船

镀上白银的光芒，从水中领取通关文书

水关赋予它流动的权柄，无限循环


时间的指针因坚信，变得绵长

1087 年的水知道，市舶司的水终究枯竭

至今的残垣，已丢失了断壁的册录

一支橹靠墙而立，像汪洋中直立的船帆

流过繁盛的市井，像一条鱼

怀抱着水晶，游入一座城市的初夜


无数次行走的街道，我用手铲和齿锄

划开德济门遗址的表层，铁器所到之处

叠压的城垣裸露出——石头与历史的矿藏

近乡情怯的手指，抵近南门的隐秘

必须寻找一组词，剖析深埋已久的肌理

门、墙、墩、台、拱，这些象形的石头

于是有了命名的秩序。刺桐花荣枯几次
"沿江为蔽，以石成之"
石头的路标，指向"画坊八十"的盛世
石头以幸存者的身份，重游人世
它的前生，历经水与火的劫持
在魔咒中轮回，说出重生后的秘密

## 3

打开一方碑碣，像打开一册赵宋秘史
那么多血泪，晕开历史的烟尘
揳入石头的内部。浩大的皇家船队
熨平江海的浪涛，南来泉州
南外宗正司：官署的旗帜在刺桐花香中
飘荡血统的高贵，高贵中的骄奢

犁开厚重的土地，俯拾深藏不露的皇族

我从一口瓷碗中，解读皇恩，解读

华盖与高马擦亮的街市底色

女眷在内庭歌咏晨昏，飞针女红

子弟伏案于宗学，偶尔也演练太祖拳谱

如果在自新斋面壁，则因一卷书放浪形骸


150年后，南外宗正司被一阵风折叠

时在1127年某个黄昏。泛黄的册页轻轻翻过

我在顺济桥遗址，指认丝绸之路的坦途

一座桥从诞生之时，便形成对水的消解

在府城南门，当脚板开始渴望坦途

当自由意志划开一条江的澎湃


晋江泛起幸福的初潮。嘉定四年的天空

一只鸟盘旋于渡头两端，羽翼掠过的水面

桥墩向上浮现，裁出流水的喧哗

知府邹应龙在宣纸上挥洒桥的写意

首笔已溢出华彩：外国商人以黄金的墨

为之着色，托升一座石桥全部的重


150 丈的桥面，负责收集鸟鸣

南北两个桥头堡，旷日持久地对峙

戟门昼开夜闭，像漂浮于水上的一双眼睛

一座桥自建成之时，便注定其坍塌的宿命

顺济桥就是。"雄镇天南"的勒石

稀释了水的肆虐，归于滚滚的尘寰

## 4

中江举帆。我是船上车帆起碇的少年

在哪个朝代走失，回来寻找水上的家园

一条水号称洛阳。它源于灵魂的摆渡
举目向海，可以做故国神游
可以安放灵魂，安放耕海牧洋的肉身
1053 年，太守蔡襄，在江海之上造桥

江海汹涌，我听到石头的合唱
高潮处，浪翻过石头的前身
在水面停留：一座桥已是千年
将一块石头从肩上卸下，拓印在江面
如果有雾，洛阳桥就是一幅泼墨山水
再以牡蛎着色，建桥的人还在船上

过桥的人心存波澜。他们与潮声对唱
"跨江地千尺，波静五百里"
余音不绝如缕。在遥远的海天
躺倒的石头说出"万古安澜"

站着的石头成塔成碑，成为一首歌的回响
"渡实支海，去舟而徒"


扛石的人搬动日月。一些青筋暴露在
生活的风口，手上的老茧厚重如石
石头在双肩轮换，仿佛潮汐
在月夜交替起伏。将一艘船的形象
雕成桥墩，将自己的流向、一座桥的长
郑重交给行船走马的经历


造桥的人还未离开。《万安桥记》题罢
太守掷笔长吟，几滴墨汁喷溅于桥栏
开成洛阳江浪花的模样。潮落潮涨
桃花问讯过几多暑寒，摇船的少年用泪
抚摩了所有的春天和松柏，替他说出
"墨迹未干，前度刘郎今又来"

# 5

我是摇船的少年。在安平港，摇一叶
时间的扁舟，承载安平商人的盛名
"大江南北渡千航"，鸿江的涛声
加入大海的奏鸣。安平桥上
海商黄护、僧祖派、太守赵令衿
站在不同的桥墩，站成海上叙事的词组

从这头到那头，桥长5华里，亭5座
更远的地方，有城郭、乡间和玉兰的香
还有不确定的远方。拍遍栏杆，面南
可以看见海上的云天。时间是可靠的
1138年，南宋绍兴八年，赵宋刚刚迁都
从此泛舟北上，南糖北棉，一月可抵临安

返航时，不妨捎带些西湖的杨柳，或者歌舞

泊在安平桥下。不与你比辽阔，不比苏堤

比脚下的苍茫，比石头在海上打坐参禅

"黄护捐钱三万缗"，我习惯在桥上漫想

僧祖派、赵令衿的脚印，踏过 361 墩步

最后定格于中亭。月光的手抚过，擦亮


16 方碑刻。他们的名字，最先从斑驳中突围

3 万亩海水是底色，其间烟波浩渺

帆影拉长的，叫朝代，不多不少，刚刚 884 年

我习惯在桥头，熟记五里桥的技术指标

桥宽 3 米有余，这个尺度臻于完美

要是落日有余晖，几乎可以唱一阕满江红


或者循着 2 尊石将军的视线，将一曲骊歌

唱成"五里桥成陆上桥"。翘首以望，郑藩旧邸

踪全消：那么多的风雨，参与了染指

我习惯在桥尾追思，海上的桥，桥下的水

演绎了怎样的沧桑传奇。思绪是飞翔的鸥鸟

繁华靠不住，靠得住的是时间，884 年

# 6

中江举帆。我是船上车帆起碇的少年

将航程，踏成大地的平畴。此刻出海口

歧路八达，而家园的方向如此清晰

六胜塔在高高的金钗山上招摇

1111 年，时光不曾忘却一座塔

以及塔上的航标。作为启程或归航的参照

石头抬高的塔，树一柱擎天红烛

作为家的标识。那么多的归帆认出了故乡

那么多的番舶，乐不思归

红烛点亮，它熟知石头内部的秘密
晚霞夕照仿如油脂，有海风助燃、加持
900 多年来，看惯江海之上的舟楫

目光所及之处，航道已被预设
海峡安宁、静谧，浪花之上的光芒
温暖了一个海域，被所有的桅杆一一铭记
不可预知的未来，已为六胜塔预知
林銮渡在海岸，与它 18 个兄弟
手挽着手，站成泉州湾避风的街市

走失的少年，从姑嫂塔认出家的归途
一座塔雕刻在记忆的窗前，至今仍为
乡愁导航。塔所背负的象征，意味深长
镇南疆而控东溟。10 万顷海水
认出它的叮咛，传说通过翻涌的海水

表达坚贞和不满，但它缄默不言


有的船少小离家，有的船远涉重洋

石头的包浆，无非是生离死别

无非是守候孤独的内心，映照苍茫

望夫石搭建塔基，承载着包含泪水的

沉重，乡愁的图腾由此简朴、敦厚

更多时候，它与南来北往的船帆相互致意


与南归的大雁互诉衷情。它说航道

都是旧时相识，它说南方的蕉风椰雨

向北眺望，都盼着回归故里

如果俯瞰它身边的田畴、村庄和农桑的

丰硕，月色一遍遍浸漫它的目光

丝绸、茶叶与铁器编织的花卉，向海疾驶

# 7

摇船的少年，从梅溪回溯磁灶窑址的浓烟
窑以龙的形式盘踞。这些釉色的山峦
煮沸于南朝，梅溪流水未曾阻止它的蜕变
灶火用词语问候茧房。闻得到的松香
慢慢沁入瓷土的心跳，等一窑火红
使之重生，蝶化出飞翔的薄翼

曙光初现的时刻，窑中的火逐渐消失
这些圆满的瓷，被一双手从火中取出
倒扣成苍穹，按压磁灶窑的体温和印记
梅溪上的船舱，挤满远游的瓷器
它借用喧嚣的水，拉近与世界的距离
偶尔一两声碎响，拉满顺风的船帆

十八曲梅溪，瓷的碎片层层积聚

釉色的山峦闪烁天青，像岁月的烟雨

摇船的少年泊舟，上岸。从梅溪而梅峰

直上山麓的草庵。用眼睛追问

石头上，摩尼的国度，谁在开疆拓土

山在梅香里显现，一朵花，终究要成为奇迹


不必细数梅花的香艳，只一幅石壁

石壁上的光明，藏匿光的信仰

从西域，一路历经风沙浸漫

于是石壁光明，看惯一簇青草的轮回

朝代的盛宴轮番上演，像神谕

同一片星空，草庵挽留了灵魂的体香


梅花代替岁月的吟唱，一个颤音

就是一次推杯换盏。水中浸渍的黑釉碗

有在场的隐痛，它在石壁之下，盛满光芒

一丛柏树从梅峰下山，一尊石像

走出风沙。在自己的箴言里

丈量与尘世的距离，擦拭人心的石壁

卷三　烽火家园

# 1

晋江水朝向邈远的县志流过，我在

《晋江县志》，与一座城畅论经纬

无数次重复的燃烧，使这片土地

有着血和火的属性。红土地的魂魄

咬住时间的魔掌，而我必须配合它的

任性：让自己的青丝，再白上几根


作为叙事的部分，周德兴在烟墩山

点燃烽火三炷。烽烟猎猎，永宁卫听见

崇武以南，福全、中左、金门、高浦所城

同时听见。"汪公骑马母"从嘉靖

传唱至今，"所全活万余命"

县志上的墨汁开始褪色，如竿芒的白

"这些褪色的文字，缺少细节和审思

如何用来启迪？"我理解的岁月

必须还原岁月本来的肌理

与馆长的商榷，在烽火中戛然而止

"但你是诗人。能否坚持史实的客观性

而不做抒情，对此，我深有怀疑"

## 2

我决定对一些细节进行深入的考据

夕照暖暖，我梦寐已久的真相，正慢慢

浮出水面。1394 年，石头砌筑的永宁卫

以鳌的形象出现。庙宇与民居

相互取暖，葬于城外的祖先

头枕镇海石的荣光，在潮声中入眠


朝阳山朝阳，听得见渔歌的悠扬

和苍凉。俞大猷手书的笔迹

被卫城的风雨一再临帖。登船的倭寇

被一块石头葬送。风停雨止

俞家军的鼓点，还在卫城的海面跳荡

像浸渍的阳光，重回到城门的眼眶


"四月廿三，陷城。四月廿四

洗街。"我记下——卫城血雨腥风的

劫难，属于祭奠、拷问和缅怀的史笔

嘉靖间，倭寇陷城，无差别屠杀

水关沟中尸体堵塞，血流成河

最后一个闪电划过，霎时间风雨交缠


"文字无法到达的真相，灵魂可以"

我是摇船的少年。时间深陷于白沙岛

沙滩深层。1655 年，郑成功"将安平家资

49

尽移金门安顿，毁其居第，坠其镇城"
随后手指白沙岛的方向。石井江口的浪
曳过三次，白沙城寨的砖石由安平运抵

"固若金汤的城寨，只有血与火能抹平"
鼻头沙滩之上，荒冢累累。幽冥之中
郑军与清军的白骨，迭出和谐的疆域
在"同归所"相依相偎。像风中的竿芒
银白，透彻，照见春夜里茫茫的海面
照见倔强的香火，延平府、镇江宫的前尘

## 3

晋江水朝向邈远的县志流过，我在
博物馆，与一座城畅论经纬
康熙二十二年六月十四日
清军，水师和施琅的旌旗驶出铜山

他在西南季风里审时度势。此时的澎湖

旭日刚刚升起。而旭日的寓意


作为烘托，已被载入《靖海纪事》

真实的舰炮，比箭矢更为犀利

曙色被一阵炮声吵醒，从叙事中借来

一束温情的竿芒，施琅在中军舰首

朝向一个个孤独的岛屿画圆

兵锋所指，澎湖列岛的浪，逐一平息


"站在施琅身后的人，我知道"

姓林的馆长说，"海坛总兵林贤

当先破敌，舍命陷阵，诸将无出其右"

我以博物馆的灯光为笔，记下高潮

部分。一群人上场，一群人离场

国史载之：名垂信史，聿昭不朽之荣

我是摇船的少年。在湄洲岛泊船

为"天妃"向台湾"天后"的东渡

掌舵。海峡的风涛举目可见

更远的航程，被内心悉数收藏

"时间之内，故乡是一炷火把

照彻生命的归途。"我对着波浪说


我记得家乡襟海连江的衙口

施琅侯府的衣袂，还映照着皇家的红

海水的蓝。此际，施琅端坐于二进厅堂

观光者入室不言，允许你细数

《澎湖大捷图》的烽烟，也允许你移步

海滨，高仰一尊塑像，挂剑望向浩渺

# 4

砰砰。辛亥年的枪声

最早在安海响起，砰砰。辛亥年的火把

最先在武衙门点燃，杏芳林酒店的酒

在辛亥年开启，2000 人的群情

推倒了将腐未腐的城墙。这一把火由此

被辛亥革命史惦记，陈清机、蔡温


许卓然、陈少宝等站成一个向上的梯队

武衙门之外，文衙门、粮局和分县衙门的

石头，将自己叠在灰烬的倒影里

鸿江潮涨上古镇的胸臆，将王朝

仅存的一副枷锁捣碎，剩下竿芒

白茫茫一片，在安平桥头摇曳

1920 年的衙口沙滩，一支橹被举成

一面旗帜，靖国军被狂怒的风涛

切割包围。叙事的正面，晋南民团

将波涛的火力倾注，叙事的背面

浙江兵惊愕的尸骸，被海的挽歌反复唱响

"这是一个奇迹。"现场的枪炮听见


我在一面墙上查到：1949 年四月初五

塔头村。"生命的火炬在印山之巅点燃"

姓林的馆长说，"鲜血写就的史诗

可供日月品鉴。"万人汇聚"反清乡"的

力量，可以掀动滔天的巨浪

像月光下的围头湾。像对真理的仰慕


我在另一面墙上读到：同年六月十五晚

古湖沟、鹦哥山的枪声，划开惊惶的

夜色。龙园村的断垣记得

国民党，三二五师，在残壁上犯下的罪恶

"没有无缘无故的仇恨。"我对馆长说

"10 万亩海水已经写下，这血迹"

卷四　魂系沧桑

# 1

石碑，在海边矗立成谜，简洁的谜面

直逼沧海。"东京大路"，一朵野菊的黄

适时成为它的陪衬，适时与之构成

苍凉的比对。石碑，对应落寞的空城

石碑，东京已无觅。永宁港堍

深沪渡头、白沙城寨，谜底在海中摇荡


我是摇船的少年。泊船登岸

在博物馆的库房，寻找典籍上的蛛丝

石碑，想起"石狮吐血"的趣谈

牵扯出"沉东京，浮福建"的传说

石碑，想起烽火连天的旌旗

遮蔽时间的细节，牵扯风沙漫漫的岁月

然而文字靠不住。真相往往藏匿在
石头或乡土的深层。我的梦想止于
虚构给真实让路，烟尘给榕树让路
传说给考证让路，海水给归途
让路，血泪给航标让路
表象的肤浅，给一双衔石的鸟翅让路

我是摇船的少年。众多的路、桥、碑
已然湮灭，更多石头臣服于
水的拥围。我用一条船，擦亮河流、港湾
海岸、岛屿的浸渍，将众多不相关的
地名，一一排除。用一只橹
划出时间的激流："海上丝绸之路"，或者归途

书写历史的人，忽略了传说的生命
海水唱起传说的歌谣，海水

翻涌传说的迢遥，海水追问传说的想象
海水推出传说的容颜。更多的水系
在红土地上冲撞，"当历史被篡改
只有传说，可供祭奠和审思"

## 2

只有幸运的荼蘼，能成为怀孕的花朵
传奇也是。《陈三五娘》从暮色中突围
写不出好诗的人，从失忆者口中
勘探坎坷的经历。他用日渐苍老的笔墨
雕刻一棚戏：爱情和荆棘的启示
而我发现：陈三是潜入蔚园的奸细

梳妆楼越长越高，适合荔枝出镜
6 月的手帕相中官家公子
他是我的同乡先贤，家住晋江河市

铜镜作为稀缺的道具，无其他修辞

但比玻璃硬。黄家五娘

耐磨的铜，被一双手反复擦拭


像一棚戏，55 出，被众口从潮州

唱到泉州晋江的团圆

马蹄声急，踢踏踢踏，有海的意味

谁为他，起一座爱的花园，收藏传诵的

坚贞？我能说服执笔的人，以洞箫的

悠远开场，以圆满安抚所有渴望


我是摇船的少年。一个简单的词组

浮出 600 多年的景深，于是深刻入微

凤池李五，连同他的南糖北棉

这般浩大的衣食，大过于日月山川

谁将他，从时间的深层挖掘

挖掘出甜蜜，和慈善的光


600 多年在遍植甘蔗和五谷的田畴

向大地鞠躬。白天黑夜

甘蔗墨绿的叶子倒映在水面

那时候天蓝海蓝，适合于做渤海

黄海、东海、南海之间往复的远航

一些波纹的细节已无法考究

### 3

谁记取这波光粼粼的商旅，以及一些

泛黄的史实，怎样穿越时空

煮沸一片辽阔的海洋？凤池李五

如此浩大的衣食，贯穿府志、县志的轴心

如此浩大的背景，它阴晴冷暖的波涛

未曾离开我景仰的梦境，并止于一个平面

再次说到一座桥的名。洛阳桥

千年的潮声铺天盖地，与大海息息相通

"为富者当仁"。洛阳桥孤独的漩涡

曾经搬动多少朝代？剩下一座桥

将一个名字反复叫响。凤池李五

在洛阳江中种植慈善的石头

宁波。鄞县。1444 年的阳光充斥着

死亡的气息：瘟疫蔓传。我仿佛看见

大明的臣民柔肠寸断

"凤池糖"的甘霖从天而降，仿若天意

使然："恩公井"，以糖的密度命名

水的漫延雕刻了一个慈善家的姓名

六里陂。沿海岸 40 里筑堤围陂

1436 年，谁敢在晋江陆海之间挥洒

笔墨？只有李五。九十九溪作为经络

被旱涝、农桑收藏，水声与劳作

从此密不可分，包括桅头尾古渡的帆影

泉州湾里的桨声，生活变得如此通透


走近石船山。我于是听见一片书声琅琅

漫过桂香，漫过石头光滑的质感

茫茫海上的船。凤池李五，把它拴在石船山

从此后，这片书声，500 多年来随风飘送

桂岩书院，沿海岸，向北或者向南

尾随圣贤的足迹，尾随晴耕雨读


# 4

我是摇船的少年。参与一艘又一艘航船

从晋江过台湾的航程，榕树说出过渡

之前，宝岛的蛮荒与丰腴。一只鸟
飞临扬帆的船队，在心中默念咒语
"勤劳的人，无畏的人，终将得到福报"
海峡的水，齐声读出这道德的碑碣

多年之后，姓林的馆长与我商榷
台北、台南宗祠的丁号，基隆、鹿港
的商号和船桅："它们都姓些什么"
榕树的气根在风中摇过三次
"姓晋。对此，岛上的榕树有过考据
它们家住晋江，都是晋江乡里"

但歌唱不能停歇。一首《鹿港小镇》
较之《鹿港奉天宫志》，有更多摇滚的
节律。宫志说：1784 年
鹿港开放正口与蚶江对渡

"出入船舶无数。"歌词说
"假如你先生来自鹿港小镇"

我在蚶江海防官署遗址，阅读一方
石碑。港湾因泼水，又升高了一尺
"蚶江为泉州总口，与台湾之鹿仔港
对渡。"经天后宫、龙山寺反复揣摩的
归途，打湿鹿港的街道、鹿港的渔村
说出"将以肃清巨浸，奠安商渔"

我是摇船的少年。从蚶江启航
出日湖，罗盘坐"乙辛"字
"水程八庚，一昼夜可直达鹿港"
更多的船舶，从安平启航，罗盘坐南
下南洋。南方属火，仿佛相思花
卑微、热烈的花期，在时间之上沉醉

67

## 5

我是摇船的少年。泊船登岸
在博物馆的库房，寻找典籍上的蛛丝
安海育婴堂。落满灰尘的名词
依旧激荡着浪花的光芒。1844 年
倪人俊将这些卑微的
野菊，移植到育婴堂的墙围


"阳光大面积播撒，照彻内心的柔软"
典当商陈益升，倪氏家族，海内外晋江人
就是阳光中的一缕。此后，从天竺庵
到开元慈儿院，"晋江打开一面镜子"
我在历史练习本上记下："无数的野菊花
接纳了阳光，闪烁时间的怜恤"

"仇怨是偶然的劫数。"在不能再旧的

《天公册》页面，我发现一场歃血而盟的

盛典，被风打开。"施吴联盟，矢志不渝"

1864 年，施吴八股天公和平会

在锡坑举行。"香炉一鼎，令旗一面"

我在练习本上，添上传奇的一笔

"这是晦暗的一页，利欲从海面向陆地

滋长，惨烈如黄昏的血色。"多年之后

我在"府宪"碑前，噙住泪水

重读"都蔡冤"的伪史。1903 年

至 1908 年，200 余村

300 多条人命在视域闪现

落款处，李增霨，泉州府正堂的惊堂木

余音霍霍。"男妇流离，生灵涂炭

田园废尽。"他咬紧牙根，和一把血

"勿得弱肉强食，须知桑梓敬恭

勿得你诈我虞，须念朱陈婚姻"

为什么有人喜欢伪史？我开始质疑

卷五　蕉风椰雨

# 1

菲律宾王城，喑哑的石头在雨中颤抖

炮衣已然褪下。这是雨怒风狂的清晨

圣地亚哥城堡的大门打开

风中的玉兰，包括纳拉、棕榈

和自由的向往，有泪迹点点

扶西·黎刹——我们的英雄


镣铐加身，但神情安详

目光所至的天空，那些吉祥的花瓣

姿容凌乱。这是 1896 年 12 月 30 日

马尼拉，正被一场血雨腥风装点

扶西·黎刹镣铐加身，仿佛闲庭信步

他一句一顿，诵读出《我的诀别》

"永别了，敬爱的祖国，阳光爱抚的国土

您是东海的明珠，我们失去的乐园

我忧愤的生命，将为您而愉快地献出"

那些高度戒备枪口，终于俯下身子

聆听这自由的呼号，仿佛

一束光从天而降，照耀尘嚣


这一段路面，有撕裂的疼痛

脚步过处，泥泞于是凹陷

随即发出金黄的光芒。仿佛独立的风帆

正鼓浪前行，一串闪光的脚印

就这样照亮一座将腐的城堡

镣铐有声，划一道伤痕在圣地亚哥


西班牙城堡晃动了一下

像搬动自己的身体，向着悬崖倾斜

我们的英雄，就这样走向刑场

新城地广场，雨后的天空明净如洗

马尼拉湾的波浪翻涌，回声的

悲壮，敲击着大地和善良的人民

## 2

空中有飞鸟彷徨的翅影。扶西·黎刹

在草坪上立定，用眼光逡巡

他的家园和人民。他想到时间

殖民者的坚船，这些社会毒瘤，还在

千岛之国游荡。富饶的祖国驯服于

贪婪的统治，他以笔为旗，揭竿而起

面向马尼拉湾，他将自己，交付给大地

"我崇敬的祖国，哀怨中的哀怨

亲爱的菲律宾同胞，请听我诀别的赠言

我离开大家、离开亲人和挚爱的华颜

我去的地方没有奴隶和刽子手

也没有暴君，那儿不会戕害忠良"


百年后的某个清晨，我穿过罗哈斯大道

温情的棕榈，来看我的晋江老乡

菲律宾国父——扶西·黎刹

在他躺倒的地方，纪念碑高耸的尖顶

像他写作的笔，直指晴空

那时的晴空，唤起一个民族的觉醒

### 3

晋江海涌动启程的潮。我在博物馆

与一座城畅论蕉风椰雨

扶西·黎刹的祖地——罗山上郭

矗立着同一款英雄的雕像

广场上阳光筛漏，仿佛英雄的魂魄
启程回到他永久的家乡


一夜斜风吹雨，我在马尼拉靠海的窗口
写下——吕宋岛，还有其他的埠头
番仔将华人称"秦仔"
"这不仅有趣，"姓林的馆长说
"还是有价值的线索。"2000 年的风雨
从秦朝飘来，润湿了吕宋岛的眼眶


并肩于王彬街区，我们像一对翅膀
从风中取出叙事的果实。"这条街"
我对姓林的馆长说，"原先叫沙克里蒂亚
1915 年命名为罗曼·王彬街"
王彬纪念铜像，就这样陪伴他的族群
乡愁的岁月，有着唐山的饰纹

王城，卡比杜大街。穿过众多仿真的蜡像

我们在菲律宾华人历史博物馆

偶遇李清泉。"对于一部奋斗史

我们需要的不仅仅是铭记，更要尊崇"

他散尽家财，用热血书写

实业救乡、航空救国的宿志


李清泉的身边，站着他的夫人颜敕

墙上展陈的信笺，系朱德给她的复函

"德虽不敏，惟有率我八路健儿

与东方强盗奋战到底，备求不负侨胞

之期望，而尽军人之天职"

……更多的华侨，从侨居国奔赴国难

# 4

清水砖砌成法式。把楼比作树，侨批馆

高大、浑圆，有逼人的光芒和指向

玫瑰窗还泌出缕缕异域的香味

树是闽南的相思，或者榕

"田畴作稼岁有秋"，对联的题旨

指向村庄、田野和收获的预期


勾画梧林侨批馆，我选择写意

圆柱、圆窗，侨批馆在烽火中结出果实

邮路、水客、分批银。几个颤笔

竟难以描摹它的前尘。旧学堂

这一细节，最能表述一颗赤红的心

风声雨声读书声，声声忧国忧民

现在，这些侨批，泊入侨批馆的橱窗
像一艘艘船，泊于港湾。番客歌从行间
升起，余韵缭绕。"垠中宝号生理
贵伙尽心料理，蒸蒸起色，营运得宜"
文字的温度，晕开了经冬的墨汁
仿佛这些侨批，重又走向流转的程序

开始喜欢上番仔楼，源于那些
粗壮的骨骼和灵魂。灰得像黎明前的
前奏，像岁月的前因和后果
密集的风雨，被安置在哥特式
罗马式、古希腊廊柱的额头
清水砖勾缝，那红，安详得毫无征兆

我是摇船的少年。晨曦铺陈的水草
在阳溪的霞光里招摇。惠济桥连通两岸

一头是梦幻里的家国，一头是精卫鸟的演绎

三代人，一座桥。5 次挺拔的脊梁

只与初心发生牵连。墩与墩之间的斑驳

空出一载时光，像闽南相思

卷六　赤土躬耕

# 1

我是摇船的少年。泊船登岸

在海峡第一村，寻找启程的归途

围头角礁岩铺陈，像激越的浪花

凝固在时间的深层。我目睹的苍茫

高于浪花之上的礁岩，赤、橙、红、绿

像历史深处传来的箴言


像一双健硕的腿，蓄积奔腾的力量

在大海之上雕塑围头，围头

是一匹桀骜的狼，向万里海疆

发出孤独的号叫。五杆头悬崖峭拔

寂寥，嶙峋的骨架向大海伸展

像眼睛，把亿万斯年一眼望穿

1958 年 8 月 23 日，空气中燃烧的火

使太阳失色。围头角浪翻浪流

没有人看到它忧伤的眼睛。水克火

当波浪在悬崖上变得惊心动魄

一波高过一波，这场火，终于凝成

一段隐秘的历史。土克水，水上的炮艇


静静地入眠。硕大的炮位，像眼睛

储藏着声声叹息。电光石火，在它之上

树木的睫毛低垂，相互纠缠的根

一直连接到坑道：像我如约到来

用温柔的波光，与它蜿蜒的叹息对视

翅膀醒着，用浪花回眸风雨中的点点记忆


现在，它被珍藏于渔村的胸襟

木麻黄葱绿，相思花橙黄

高高的桅杆之上，翅溅出浪花朵朵

"八二三"炮战的叙事，收藏于围头湾的波涛

一阵鸽哨就是神祇的福音，在天空

盘旋。所有的浪花被通读为和平的期许

## 2

中江举帆。我是船上车帆起碇的少年

在哪个朝代走失，回来寻找水上的家园

叙事的河流，我以为，不能轻易说出谜底

寻常流水，穿过山川的浮云，穿过

人间拥堵的烟火。看一条河流

在光阴中醒来，就是以身相许


我在一首悠扬如云的南音中，感受劳作

与丰收的喜悦。"红日高照宝盖山

金鸡渠流水潺湲。"为溯源述流

我得在笔记上补上一句："晋江侨乡
满眼丰收景象。"父亲唱过的曲
穿越岁月的水，有水韵哗哗

"金鸡唱，灌青阳。"郭沫若撰文并书
"晋江入渠，浩浩荡荡。益地增产
幸福无疆。"一方碑碣依旧有水的润泽
落款1962年11月吉日。父亲参与过
檀林渡槽的飞架。他是搬石头的人
叮当。石头刻上流水的曙色

埭内隧道建成时，我是10岁的少年
乘一部施工电梯，向下隐身约莫20米
"这是埭洞。"老师说，"全称有点长
山美水库晋江县灌区埭内隧道工程"
我记住的埭洞，给水腾开飞翔的空隙

内径3.2米。我还记住第一次乘电梯

## 3

深沪湾在我的内心沉睡，这颗硕大的心

起伏我一生的波澜。某一个月夜

爷爷与三叔搭上下南洋的火船

相思花盛开的季节，三叔荣归故里

用一沓比索，垒出了乡愁的肋骨

一条条石砖路，替他将摇篮血迹拥抱

叙事的石头起造一座叫发电站的厝

三叔用另一沓比索，牵扯出

密如血管的电线。村庄通电那天

我在日记中写道："那么多石砖

齐头并进，三叔牵着童年的手，走在

剪彩庆典的前头，撞入我的初恋"

父亲在海上行船，晨曦照亮额头

鱼汛仿如那只远古的神鸟，它的奏鸣

照亮海湾的额头。"石和水铺砌的路"

父亲说，"请尊重它的自由，它有

云游四海的权柄。"那时母亲在田地里

侍花弄草，我看到麦尖上生长的闪电


叙事的海，红上少年的脸颊

我已习惯看一个海，看日出的光芒

一条光，无数条光，从峡到洋

抵达无限。"波浪有波浪的轨迹"

馆长说，"我看见的海，有四季的阴晴"

我的面前，千帆万水，最终成为明镜


我看见：汹涌的暗流，已然集结

我的背后，一万种凡尘喧嚣

红土地上，五谷欢欣雀跃，风起、云涌

像农谚的月色阴晴、兴风布雨

我是摇船的少年。看得见的晨光

像千帆。看不见的夕暮，有着斑斓的写实

卷七　波翻浪涌

# 1

我是摇船的少年。在 1978 泊位系缆
登岸。"晋江海，晋江岸。"神鸟飞临
告诉我，"每一次历史的浮沉，预兆于
大海的潮音。比如我，投射在红土地
蓝海洋的身影。"晋江潮朝向出海口
翻涌蓬勃的力量，仿佛谶语，一泻千里

我在典籍之上查阅到一个重复出现的字
"三"。"三闲"。"三来一补"。"三资"
潮水涌过三次，我在笔记本写下："所谓
'三闲'，指闲散资金、闲置建筑物和
剩余劳动力。"从"三闲"到"三资"
10 万供销大军，从晋江出发，像潮水

父亲在螺丝的流水线上耕云播雨

曝日的田畴，渐次收拢了贫瘠

乡镇的根部，经犁耙精耕细作

机器轰鸣不眠的晨昏，"花开四序

三资企业在屋檐，合唱嫣红姹紫"

潮水。一波又一波涨上笔记本的沟壑


我在典籍之上查阅到，"铺天盖地

万式装，有街无处不经商"

写诗的人在半夜醒来，将一管彩墨

倾倒在石狮的街市。新华路南拐

向大仓街、跃进路延伸，完成迂回包围

一条江在拂晓列队，向远海冲刺


更多布匹、塑料、木石或羞涩的蕾

绽放，在红砖厝、番仔楼的天井汇聚

贫瘠被土地剥离。我在振翅的燕尾脊

俯拾一串飞翔的词：项目、资金

技术、管理。"一切都是新的开始

像迎风的帆，从航船，重新搬回土地"

## 2

叙事的流水在 1979 逗留。林土秋的手中

变幻出文胸，眼中的田畴翻飞出稻菽

播田割稻的手，触摸到自己柔软的内心

对称，锥体，塑形。从胸到足

林土秋发现自己正走向陈埭海滨

粗粝的双脚，第一次被一双皮鞋捂实


像脚下无中生有的土地，林土秋在陈埭

种下鞋厂的早稻。他用皮鞋、拖鞋

运动鞋，再造一个上升的陆地

"家家点火，"姓林的馆长说

"林土秋为吃螃蟹，点亮一把灶膛的火

晋东平原，由此户户冒烟"


晋江潮涌过四季，涌上陆海之间

20世纪80年代的叙事。洪肇明卸下一副门板

搭建创业的摇篮，许连捷在上海滩

为恒安代言。"他们都是领军人物中

纵横捭阖的一员。"姓林的馆长说

"一艘航船，即将开赴浩渺的大洋"


一大批冲浪者，在时代的潮流中

集群式下海。柯子江在机械的冰冷中

拧出水的热烈。丁世忠侠客一般

只身闯荡京城。七匹狼在围头湾

列队赶潮。李贤义在深圳湾溜一匹快马

王东星将西服裁成大海简约的秘境


一条歌适时唱响，为联户集资企业
做出宣示和注释。陈百潭从祖籍地
晋江之源，激荡灵感的源泉
"三分天注定，七分靠打拼，"乡音唱说
"爱拼才会赢。"将铿锵的节拍搬上船
一条歌契合晋江模式前行的气魄

## 3

"晋江模式这条船，已然启航"
姓林的馆长说，"1986 年，费孝通认为
晋江模式与苏南、温州、珠三角模式
并列为中国农村经济发展的四大模式
晋江是唯一以县域经济形成的模式"
寥寥数笔，我彩绘下一条逆流的船只

理论有的肌理光芒。从众多案例的果实

剔除枯叶，推导营养的物质，黄金的

耀眼的启示。像潜藏于内心的种子

百年，千年，萌芽春天的秘密

像走失多年的少年，手持菩提

眼中有泪的逗号，启程回到它的乡里


"历经萌芽、成长和确立，"馆长说

"再经调整与整顿三个阶段，像航程中的

浪峰波谷，晋江经验开出繁盛的花"

他已然忘记：我是航海日记的记录者

曾写下："陈埭鞋业、瓷灶陶瓷

晋南服装、青阳食品，一条河流的滥觞"


跃进路天桥，洪忠信挂一幅劲霸的雕塑

向上，健硕的力量离信仰越来越近

向下，与蚁群构成距离的参差

沉默的王者，从觇湖的柔波出发

从晋江的潮声启程，向大海

袒露胸怀、霸气和浩大的哲思


我是摇船的少年。泊船登岸

在博物馆的展柜，寻找典籍上的叙事

1992 年 5 月 1 日，晋江撤县建市

属于劳动的馥郁，沁入汹涌的潮水

波浪之上，递交一张模式、速度、效益的

晋江名片，揳入时代的天际

卷八　破蛹成蝶

# 1

因为爱拼，你无法禁锢晋江的天空

无法在蓝天画痕，阻止一群人飞翔的梦

1996 年，一群鸟在天空发出自由的鸣叫

一群人在仰望的视域中，凸起喉结

"举一县之力，自筹资金建设晋江机场

500 万晋江人，勠力孵化又一个奇迹"


我是摇船的少年。沿一条江溯流

在博物馆绵延的墙，寻找历史的编年

"一条江是立体的，源流、汛期

流程与走向……"姓林的馆长说

"我拒绝平面的抒情。"窗外的玉兰

晃动三次，"但我熟知每一个发光的节点"

面对荡漾的水，我在航海日志中写道
"熟知产业集群的航船，行驶于崭新的
航线。"民营经济之仓，产业集群之箱
像一串韧性的诗行：装备水平
技术含量、品牌战略、增长动力
外向拓展，都是晋江之水浇灌之后的积淀

新世纪 2000 年，吴金程面对一幅蓝图
胸中激荡梅溪的波澜。祠堂前的榕
向下栖落宗族的根茎，他用手
一一厘清这些错综的脉络
搬开一块尘封的石头，再举起一幅红砖墙
新农村建设的帷幕就此开启

祠堂前的榕，向上撑开家园的伞
石头以转世的身段醒来

13 幢安置房，100 间店面，151 幢别墅

大埔村以别样的盛装，接纳朝阳

集体经济的果实，以诱人的姿色呈现

他与乡亲重复审视着石头的容颜

## 2

时序进入 2002 年 6 月。晋江经验

似一道亮光，照见航程的方向

"晋江经验是地方主动探索有中国特色

社会主义发展道路的积极实践"

我在日记中写道："犹如潮音诠释浪涛

浪涛践行大海，潮汐呼应日月"


时间一章一节向前，航船犁开波浪

品牌之都的故事，映照时光的芳华

都是些"爱"的叙事——爱乐、恒安

百宏、晋工、亲亲、盼盼、361°

掀起"拼"的狂澜——七匹狼、劲霸

利郎、金冠、寰球。收拢"赢"的勋章


请允许我在一座雕塑前，折叠心潮

"慈善，开启和谐社会心灵的钥匙"

请允许我手捧玫瑰，向爱的奉献致意

"老其老，慈其幼，长其孤"

请允许我在人群中识别出：苏千墅、陈祖昌

许连捷……一串灼灼其华的名字


"2010 年是晋江城市建设元年"

姓林的馆长说，"2013 年继续启动

'二次创业'，共同建设'中国品牌之都'

'现代产业基地''滨海生态城市'"

窗外的大道，承载着繁复而通透的世纪

"我拒绝枯燥的数字，对意境构成的剥离"

我对馆长说："我拒绝平庸的叙述
对诗意构成的伤害。"跫音从走廊传来
嗒嗒，嗒嗒。"但我可以接受"
姓林的馆长说，"晋江在 649 平方公里的
土地，在 500 万人的内心，在辽远的海天
允许你抒情，允许你书写城市的奇迹"

## 3

我是摇船的少年。泊船登岸
骑一匹五店市的白马，寻找启程的归途
城市的会客厅，让众多自由的脚
登堂入室。红砖墙，雕花窗
一堵年岁的华服，一堵远去的帆影
乡关如此三叠，比不过乡愁悠长

洞箫拖过思乡的滑音，都是具体的家园

向外开一扇眺望的门，像桥一样

好听南洋的风雨，向内收藏

五谷和蛋音。白玉兰高高在上

梅花疏影横斜，挑开青梅山的晨光

那体香，馥郁再三，擦亮石板路的回眸


在时间的纵容下，榕树长成繁茂的砖

我要在朗朗乾坤之下，原谅自己的冒失

把内心的灰，融入枝叶的红

掏出属于浮躁、虚荣的部分

求证你厚实的躯干。叫浣然的别墅

它看见了时间的肌肉，和城市的格局


我要在光天化日之下，潜入一个雕花的窗

这样，在我隐身之后，只剩下蓝天白云

和一株寂寞的榕。只剩下我的热烈

在 7 月梧林，随风飘摇

极目海天，泉州湾、祥芝港晨曦初现

这样的潮流，在晋江的天空下，起伏跌宕


面对一片美景，这些哥特式、古罗马式

皇宫式建筑，我想起先前的梧桐

石鼓山为靠，梧垵溪列前

"梧桐生矣，于彼朝阳。"以柔情为水

在百福墙内，在繁复的年轮上

安放一颗向海的灵魂

卷九　晋江经验

# 1

七夕。传说的星辰，照见亲人的笑脸

围头新娘的眼睛圆成月亮的圆满

从八抬大轿的布帘中探出头

多么娇羞红艳。高头大马上的新郎

身着状元古装，返亲的锣鼓敲响渔村的

心脏。说来就来了，盈盈一水间


海峡变成一道桥。潮声反复诵读着歌谣

一遍一遍：河汉清且浅，相去复几许

在雄阙殿，举一束世代传承的香

告诉主帅公：七夕，祝福亲人吉祥安康

打开一条窄窄的海峡，打开 7 月的风

在围头角种植一片姐妹林。繁茂的相思

是对爱情的期许，野百合的香拂过

海峡的风吹过，她们缄口不谈繁茂和收成

相思成林，成为围头新娘幸福的见证

夜晚，娇媚的围头湾涌入酒杯

酒杯里的鹊桥清浅。听得到浮杏的芬芳

潜入亲人的双眼，摆上渔村的富饶


梅香从万石梅峰飘散，华表山的葱翠

挺举"晋江智造"的鸟巢。"三创园"拥山

揽湖，演绎产业转型升级的蝶变

那么多的梅香，角逐"智岭"的顶峰

我是摇船的少年。从江海之上的"慧谷"

一路栉风沐雨，回到故乡的果园


谁在泉州湾畔，晋东新区看见一双鞋

开出的花蕾？谁看见神鸟飞临

召唤千亿鞋纺航母，扬帆启航

我在日志中写道——"晋江国际鞋纺城

在泉州湾的波澜，在环湾同城发展的绿地

栽下一株梧桐，再栽下一座森林"

## 2

我是摇船的少年。哗哗，从围头湾泊入

晋南水城的堤岸，红砖在玉兰高处变得更亮

白石在红砖之下挺直脊梁。海风吹来

一株菩提展露葳蕤的波澜

福州大学晋江科教园区，从实践到实践

梦想放逐于海面，为归途导航


中江举帆。我是船上车帆起碇的少年

在哪个朝代走失，回来寻找水上的家园

在太武山顶，俯瞰两岸"同饮一江水"的

亲缘，从田埔接水池溯源，循海底管道

渡海至围头，北上龙湖，抵于晋江

"饮水思源"，封面上的晋江，汩汩流淌


当时间具体到时刻，"晋江时间"

这场秋天的盛宴，于 2018 年夏天

在马拉喀什体育馆，完成了历史的归档

像擂响一面鼓，欢快的鼓点经由

大西洋、印度洋、太平洋的波澜

一次次，折射从大海深处传来的誓言


泉州湾、深沪湾、围头湾同时接收到

这荣耀的波段。仿佛搅动灵魂中的

一片汪洋，一座城市与一场赛事

"世中运"紧密地焊接，川流不息的秒针

让城市的霓虹拨动曙色的琴弦

仿佛千军万马，排列成出征的队列


语言源自激情，而创造是坚韧的底色
当鸽哨叫醒一城的森林，其中包括
2017 年栽下的菩提，城市的奠基者
已然重启一座城市的山河。玉兰蓓蕾含苞
鸽哨因此悦耳，映照高远的天穹
江海之间，听得 500 万人前行的跫音

## 3

临海滨江，泊两颗晶亮的珠贝
在水中央。好将蓝天白云悉数收揽
将平原与绿树对齐，鸟鸣与繁花
惊艳水的波澜。无非将江海之水
复制粘贴，使一泓碧水，成为载体
将无数丝带迎风展开，与开屏的翅

构成夙世的纠缠。第二体育中心

开一扇向海的窗，这样便可以

窥见玉润珠圆。向内开一扇敞亮的内心

水中曼妙的身姿，便可以聆听江海的

歌吟。无数的窗，经由内部简约的脉络

向外投射炽热的心，点燃圣火，完成辉映


大鹏栖息的灵山，一棵棵树成行

一枝枝草拔节。一个梦想

贴着地面，滑翔。从朝霞夕照着墨

这个翻滚着的球体浓缩的世界

演绎晋江足球的波澜。我分明看见

翅膀上振荡的气流回旋


从土地上长出的根须，节节向上

要用什么语言，才能把秘密呈现

到一棵名唤兰引的草为止

我已经完成一幅画卷的构思

一棵草可以感知城市的根系茂密

像一个修辞，和它内部青葱翠绿的意绪


有多少花香，就有多少喝彩的声波

在山巅传递。晋江绘就的体育城市

硬朗俊美，一只大鹏从灵源山飞起

远处天风海涛，晋江水长流不息

"叛逆的江河，目光所至，脚步所及

都是家园。"我用思辨研墨


## 4


我是摇船的少年。泊船登岸

在八仙阁，城之巅，鸟瞰一座城的文脉

我登临时，《文澜史赋》已告竣

而《八仙阁赋》未曾着墨。此刻

万物静寂，云影天光朗朗

想象自己是八仙之外的另一仙


栏杆拍遍，与林外对饮论诗

把脚下的山川，一一问候，随后

向山外山、楼外楼的方向泊船

"胆魄与云天，是一个相似的喻体

而流年，可以视为不息的波澜"

远处的海，正酝酿又一场盛大的启航


"作为阁，云蒸霞蔚，已然聚拢

文澜由是荡漾，史赋可以抒怀"

曾记得：一座山可以海纳百川

一群人也是。春日酝酿的海，一层一层

涌来杯中，够我一次又一次举酒

问海：作为繁衍与传承，可否值得称颂


起伏的潮汐，看得见鸥鸟隐秘的飞行

而我看见：海岸江滨，水丝带舞动

城市的青春，微笑的水燃起圣火的光芒

必将意味深长。跳跃的火焰随着呼吸

在坚实的大地腾跃，像仰望天空的水

回归到眼睛。宽阔而柔软的水珠


映照磨砺和成长的历程，而我

依旧记住最初的涛声。从涛声中分解出

竞技、博弈与融合、参与的音符

我听见大海礼赞的歌声。仰望海天

一群人以一座城市的名义扬帆

聚焦于流动的水袖，并烘托内心的喜悦

跋诗　产城人文

# 1

晋江水朝向邈远的县志流过，我在

紫帽山顶，与一座城畅论经纬

说到晋江，作为河流的主体

它的源头在晋。从脚趾的裂痕开始

审视这群仕族，他们的衣冠

在迁徙中凌乱、散漫，但眼里有光


一路上的山水，押上仄声，我只读到

仓皇、惊慌的朝代。从河洛，直抵大海

我只注意到，他们怀抱琵琶和乡音

山险峻，用脚步敲打的音节，连贯成曲

当一条河流找到大海，一群人终于

找到了家。它宏大而隐忍

说到晋江，作为城池的意象

在大海之上铺陈。桅樯如林

如出征的旌旗，被躁动的浪花托升

满城的刺桐树，擎起酒杯，向海迎宾

说到一座城池的南门，聚宝街区的花

酿酒，匀称地飘散，醉了市井十洲人


像线装的典籍，竖排，自上而下的繁华

翡翠与玫瑁齐光，瓷器与茶叶入帘

涨海声中，犹太人雅各在临街的窗口

写下《光明之城》。刺桐城的灯火

烛照了中世纪黑暗的心脏。那些意大利文

拉丁文、希腊文和阿拉伯文，墨迹犹深


说到晋江，作为精神的写照

我想到大海之上的风帆，已然启程

向外拓展的生活，只与大海关联

当春暖雁归，当秋红冬冷

一定有一曲南音，从一群人的心头淌过

《孤栖闷》打开家山，冷月高悬久远

## 2

那么，共君断约：此生有命

必返唐山。念去去千里南洋，雨骤风寒

离乡的游子，怀抱琵琶和胸中的波澜

都是些蕉风椰雨、胼手胝足的颤音

姑嫂塔拷贝了这些音频，另一些影像

被浪花收藏。潮涨潮落，已是千年


说到晋江，作为城市的概念

我瞩目于高潮的部分：速度与激情

但不省略它奏鸣的整体，舒缓的前奏

城市的骨骼，在机器的轰鸣中茁壮
都是些具体的语词，拼搏和辛勤
用一串汗水填词：晋江模式

用一个微笑点题：晋江经验
它激越的格调，已然揭示意旨：高亢、深远
每一个音符都有寓意：机场、港口
吐纳着流量，每一个音阶都是标签
股指、市值。500万人的合唱
1300年的和声，唱响新时代的旋律

晋江水朝向邈远的县志流过，我在
紫帽山顶，与一座城畅论经纬
说到晋江，作为大海的指认
深沪湾畔，柔波荡漾，鸥鸟翔集
翅膀抬升的天空，有朗朗丽日

围头海角，千帆过尽，浪遏飞舟


如果有风，凌霄塔上的风云倍加绚丽

都是些潋滟春光，于岁月中沉积

说到晋江，作为家园的回望

我已经隐藏了修辞，剩下泼墨胸臆

再说说它具体的肌肉，灵魂深处的秘密

蘸一管波浪，在大海之上，铭刻史诗